浮空映画

王 雷/著

浙江工商大学出版社
ZHEJIANG GONGSHANG UNIVERSITY PRESS

图书在版编目（CIP）数据

浮空映画 / 王雷著.—杭州 ：浙江工商大学出版社，
2018.4

ISBN 978-7-5178-2634-7

Ⅰ．①浮… Ⅱ．①王… Ⅲ．①长篇小说—中国—当
代Ⅳ．①I247.5

中国版本图书馆CIP数据核字（2018）第050601号

浮空映画

王 雷 著

责任编辑 张莉娅　姚　媛
封面设计 吴承远
内文排版 林朦朦
插画设计 吴承远
责任印制 包建辉
出版发行 浙江工商大学出版社
　　　　　（杭州市教工路198号 邮政编码310012）
　　　　　（E-mail：zjgsupress@163.com）
　　　　　（网址：http://www.zjgsupress.com）
　　　　　电话：0571-88904980 传真：0571-88831806
印　　刷 杭州恒力通印务有限公司
开　　本 880mm×1230mm　1/32
印　　张 7
字　　数 140千
版 印 次 2018年4月第1版　2018年4月第1次印刷
书　　号 978-7-5178-2634-7
定　　价 39.80元

浙江工商大学出版社营销部邮购电话　0571-88904970

王雷

作家,青年企业家。

我们的家，住在天堂，碧绿的湖水荡漾着美丽的梦想。

这个世界上每个人都是踽踽独行，在他们的人生发轫之初，总有一段时光，没有什么可留恋，只有抑制不住的梦想；没有什么可凭仗，只有他的好身体；没有什么地方可去，只想逐鹿天下。

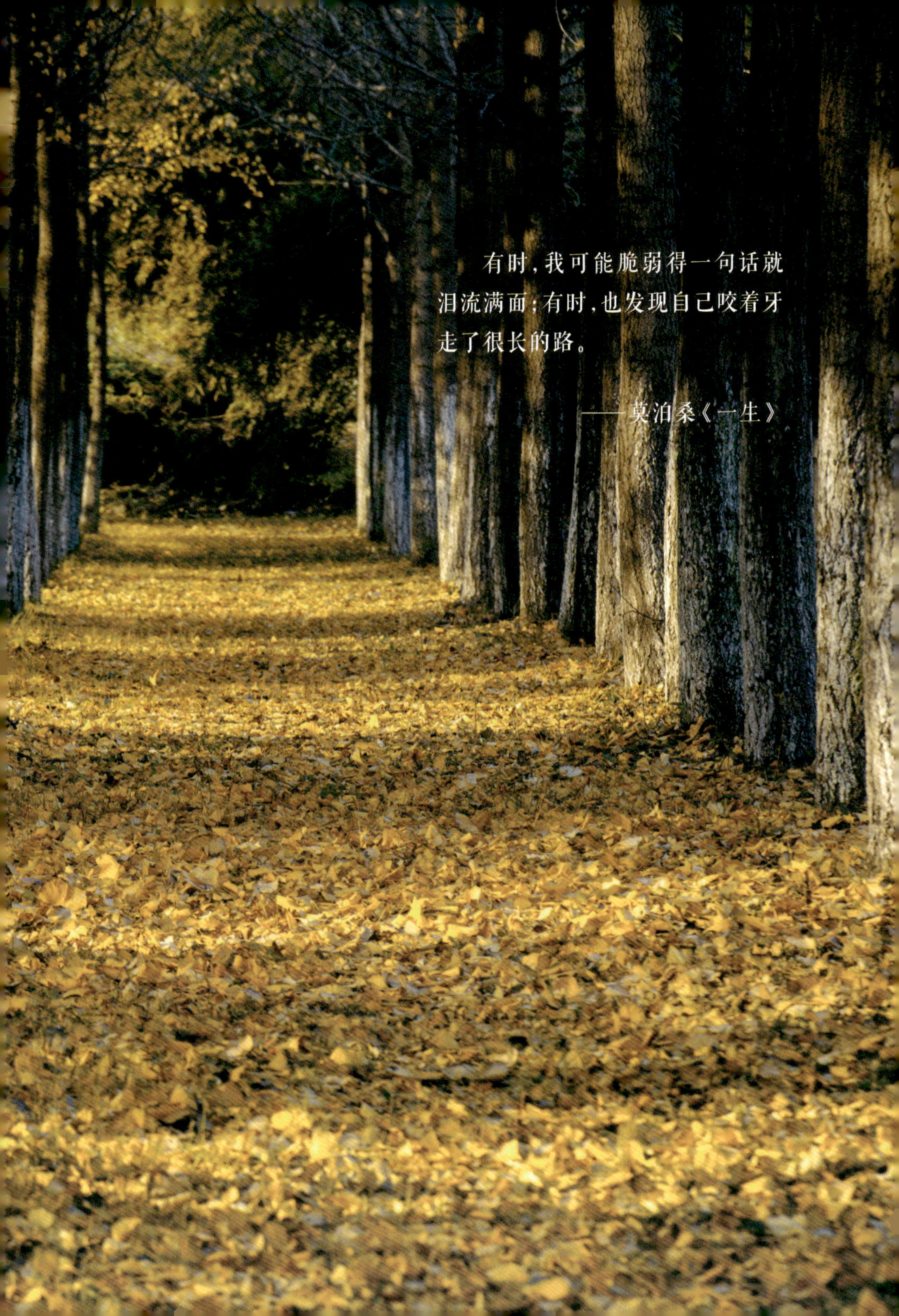

有时，我可能脆弱得一句话就泪流满面；有时，也发现自己咬着牙走了很长的路。

——莫泊桑《一生》

剃刀锋利，越之不易；智者有云，得渡人稀。

一切有为法，如梦幻泡影，如露亦如电，应作如是观。

——《金刚经》

一切过往，皆为序章。

——莎士比亚《暴风雨》

岁月不居，时节如流。

西 溪 且

权力就像爱情，容易被感知，却不容易被衡量。

强大的内心，需要时间和经历来磨炼；

享受过最好的，承受过最坏的；

保持坚强，保持柔软。

道阻且长，行则将至。成功不必在我，而功力必不唐捐。

目 录
CONTENTS

卷首语

1

中国是一个迅速发展的国家,每天上班途中,我都可以看到高楼林立、街道繁忙,以及在开展的各种创业活动。

2015 年 11 月 16 日,国家主席习近平宣布将于 2016 年在杭州举办二十国集团领导人第十一次峰会。

我们的故事就发生在这一时期。

2

岁月不居，时节如流。

就像小象长成大象，小鹿长成麋鹿。蓦然回首，匆匆间，我们的孩子都已长成大人，看到了这个五彩缤纷的世界。曾经，他们是在长辈们的指引下成长，想不到有一天自己也变成了大人。

长大后才发现，有一天父母也会老去。未来的路，可能要自己走了，难免会茫然、措手不及，就像是精灵住错了森林，心戚戚而不知所往。

3

　　另外，我自己平时看书或者听歌时遇见一些优美的句子，会匆匆把它记下来。

　　无论是沙漠下暴雨、大海亲吻鲨鱼，还是黄昏追逐黎明，我想说，我们不但有美丽的自然风光、高耸的摩天大楼，还有富饶的中国文化。

　　所以，让我们一起领略中文之美吧。

　　泰戈尔在《飞鸟集》中说："思想以独有的语言喂养了自己，从而茁壮成长。"

香水百合 & 玲珑的少女时代

1

"我们的家，住在天堂，碧绿的湖水荡漾着美丽的梦想。"

杭州地处中国东南沿海，属于亚热带季风气候，四季分明，雨量充沛。美丽的西子湖，一年到头，游人如织，摩肩接踵。

正如一位北宋诗人所说，"水光潋滟晴方好，山色空蒙雨亦奇"。

西湖边，一家酒店宽敞的行政房里。荔枝问 Z，怎么不老老实实找个女朋友，谈婚论嫁。Z 看着荔枝，笑着说："我现在哪有心思找女朋友啊，找的女朋友会跟你一样身材这么好、脸蛋这么漂亮吗？"

"再说就是找到了，也不可能马上跟她结婚啊，还要哄她，和她培养感情。"

"但是终究要结婚的呀，总要生孩子的喽。"荔枝不假思索地说。

后来，几经辗转，荔枝去了澳门。

2

玲珑的眼睛一闪一闪像星星，玲珑的牙齿一颗一颗像贝壳。

一张稚嫩的唇，咿咿呀呀，朝秦暮楚，瞬息万变。随着窗外四季风景的更迭，玲珑也长成大人了，亭亭玉立。踮起脚尖，可以轻而易举地摸到柜子的最上层，身体在空气中画出一道美丽的弧线。

因为所以，科学道理，天文地理，四书五经，大象蚂蚁，白菜玉米。曾经无论自己有什么问题，玲珑总能从爸爸妈妈那里得到一个满意的答案。大人的世界啊，好像永远都是无所不知、无所不晓，没有什么困惑，也没有什么烦恼，不惊不怖不畏。

　　"虽然我还在象牙塔,但我多么想一夜长大。"现在自己终于长成大人,可以一窥究竟了。

　　打开电视机,迪拜的帆船酒店,埃及的胡夫金字塔,巴黎的埃菲尔铁塔,还有海和天一样蓝的马尔代夫。世界是如此的新奇,玲珑一双清澈的眼睛充满了向往,心里有好多的梦想,未来正要开始闪闪发亮。

3

纯白棒球帽，墨绿色衣角。看着镜子中凹凸有致的自己，玲珑心想："我到了一百岁还可爱。"充满胶原蛋白的脸上，洋溢着青春的气息。

大一时，她和同学在学校附近染了头发。回来后，第一句话就是问身边的男生自己看上去有没有更成熟更有女人味。

一颗雀跃的心，多么想快快长大，虽然还在象牙塔。

那一刻，她怎么也不会想到，有一天自己会坐在梳妆台前，不停地在脸上涂抹，翻来覆去，眼前是各种瓶瓶罐罐，只希望自己看起来可以比实际更年轻。当然，那已经是很多年以后的事了。

4

最是人间留不住，朱颜辞镜花辞树。

你会和别人侃侃而谈，说自己在和一个二十多岁的女生交往，她是多么年轻、多么漂亮，充满了活力。

可要是你和一个女生交往，你们会谈恋爱，会结婚，会生孩子。

春风依旧，岁月无声。

有一天，你的恋人，你的老婆，终究会老去。

女人的青春是非常宝贵的,每一个男生在和她交往时,应该向她深深地鞠躬。

5

节假日，玲珑和同学约好了一起出来逛街。

初夏的杭州，雨过天晴，万物明净。

大街小巷，车水马龙，人来人往，熙熙攘攘。在去往商场的路上，偶有男生会注视着玲珑的胸部，视线久久不能移开。

哈哈……玲珑长大啦！

就像所有这个年纪的孩子一样，女生开始对奢侈品充满了兴趣，开始和同学们对着商场里巨大的 logo 一个个数过去，这个是 Gucci，这个是 Chanel。男生开始对路上的豪车充满了好奇，这个叫 Maserati，这个叫 Ferrari。

下午路过湖滨时，正好赶上音乐喷泉的喷放时间。随着音乐节奏的起起伏伏，各种造型的水柱，忽上忽下，忽左忽右。岸边，游人如织，"people mountain people sea"。远处，夕阳倾泻下来，湖光山色，美不胜收。

落霞与孤鹜齐飞，秋水共长天一色。

6

"教育要面向现代化,面向世界,面向未来。"

我们的孩子都是在一生中最美好、最灿烂的年纪,将要或已经迈入大学。谁言寸草心,报得三春晖。爸爸妈妈含辛茹苦、不舍昼夜把心肝宝贝养大成人,送入高等学府。

这些孩子,在家里的时候调皮捣蛋,或者有什么不好的地方,我们会及时制止。现在他们离开父母,来到了这个崭新的世界,我们的老师同样要有足够的耐心,因势利导,循循善诱。当看到他们误入歧途或者虚掷青春时,老师要有一种割股之痛,人饥己饥,人溺己溺。

因为曾经我们也是这样过来的。

这一点玲珑的父亲深有体会,曾经,他的父亲把他送到这个学校,同样,现在他也千方百计把自己的女儿带到了这里。

当然,××大学也是不负众望,为这个国家培养了一代又一代的政界和商界人才,对社会的发展产生了深远的影响。

7

孩子们刚刚迈入校园时，非常的新奇，一双双滴溜溜的眼睛充满了对未来的向往。

生理学上有这么一个说法，孩子们到了青春期，大脑中会分泌出一种特殊的荷尔蒙，它会影响人的情感和情绪，让他们开始对异性产生兴趣。

有一次课堂上不知怎么谈到了性，男生们大吼大叫，教室里沸反盈天。玲珑不知道从哪里跑回来，白色的球鞋上面沾满了泥巴，也跟着起哄，与同学交头接耳。

年近半百的班主任伤透了脑筋。

"老师！有人说：'爱之于我，不是肌肤之亲，不是一蔬一饭，它是一种不死的欲望，是疲惫生活中的英雄梦想。'"有男生拿着手机大声念道。

青春，才华，自由，女生爽朗地笑，男生疯狂地闹，老师和蔼地摇头，这大概就是青春最好的样子吧。

窗外，微风拂过。校园里的亭台楼阁和参天大树见证了他们成长留下的痕迹。

8

每个校园的操场上都会有红色的塑胶跑道,傍晚时分会有三五成群的人在上面,或跑步或散步。也有扎堆的男生在操场中间的绿茵场上踢足球,挥汗如雨。

玲珑一边和闺蜜在跑道上小跑,一边大喊:"要是再吃夜宵的话,就诅咒自己以后生不出龙凤胎!"

无论是在哪个年纪,自己的体重是在哪个档次,每个女生好像都有一颗瘦身的心。

金乌下沉,余晖洒在她的身上,拉出了一道长长的影子。

9

"愿你们的青春都像教堂的上空，有神经过。"

一到中午，埋在校园各个角落里的喇叭就会发出悠扬的歌声，接着会有男主播和女主播播报着最新的校园新闻，以及世界其他地方发生的变化。

林荫大道上，刚刚下课的学生们，拿着书本，三三两两去往食堂。一路上，也有男生抱着篮球，前往球场。

"回忆的画面，记录的语言。"这些画面，他们毕业多年后想起来，依然是记忆里有味道的风景。

食堂的饭菜虽不至于色香味俱全，却喂养了他们青春期的身体。

晚上，玲珑和室友们一起在宿舍聊天，说到偶像，大家各个眉飞色舞、心驰神往。当说到找男朋友时，玲珑明确表示，不管是现在还是遥远的未来，自己只喜欢长得帅的，不然没感觉。

想不到多年后一语中的。

田园秋色 & Ａ 的童年

1

十九岁的荔枝,不需要化妆,就有着神采奕奕的脸蛋,两只乳房仿佛布丁一般轻盈而富有弹性。

Z 一边把荔枝按在床上亲吻,一边心想,管他谁当上总统了,谁成为首富了,这所有的一切都与自己无关,这一刻,至少在这一刻,自己是这个世界上最幸福的。

黑色的床头柜上,插着手机的音箱中,舒缓的轻音乐缓缓淌出,溢满了整个房间。

Z 一边把自己的舌头伸入荔枝口中,和她的舌头缠绕在一起,一边心想,这个世界上有许多所谓的成功人士,他们衣着光鲜,过着体面的生活。但是他们的伴侣却已经垂垂老矣,碍于公序良俗,又不能抛弃自己的结发之妻,重新换个年轻充满活力的。

有时候,他会想,他们之间会有性生活吗?一想到这,Z就会毛骨悚然、不寒而栗。

这些问题的答案,随着岁月的流逝,有一天会自己找到。

"少之时,血气未定,戒之在色。"而此时的Z,就像一只刚刚成年的小老虎,在他雄性激素分泌最旺盛的年纪里,还体会不到夫妻之间的关系,除了性还有别的。

2

不像城里的高楼林立、车水马龙，乡村的生活充满了田园气息。

当 A 还是一个孩子时，曾在餐桌上问他的父亲："我以后会飞黄腾达吗？会富甲天下吗？"父亲听了后若有所思，一言不发，低下头继续吃饭。母亲则看着 A 的脸，目光温柔似水。

"是谁来自山川湖海，却囿于昼夜、厨房与爱。"就像千千万万的家庭一样，他们相识相知相爱，历经悲欢离合、柴米油盐，把这个小婴儿带到人间，转眼间已经养这么大了。

屋外，萤火虫在夜空中飞舞；屋内，家人闲坐，灯火可亲。

3

童年时候，每个夏天，A 都会和小伙伴们在河里捉龙虾，在田里烤番薯，溜进西瓜地里"顺藤摸瓜"，钻到橘子园里左顾右盼。

田间荷塘中,荷花大片大片地盛开;路边,狗尾巴草肆无忌惮地生长;道路尽头,中华田园犬欢快地奔跑,四处乱窜。

远处,蒲公英被风吹落,散落在天涯。

"挖土机,挖土机,快来看挖土机!"黄昏,一个小伙伴急促地拍着 A 家的大门,兴奋得手舞足蹈。A 正在撒尿,顾不得还没尿完,就急匆匆地把正在出水的神器收进了裤子,飞奔下楼。

4

我们的现代化建设已经在如火如荼地进行,黄色的巨型挖土机以摧枯拉朽之势将所有的老旧房子夷为平地。

心向梦想,脚踏实地。沿海一带的乡镇,个体户蓬勃发展、势如破竹,中小企业遍地开花。

任何新生事物,只要它在迅速发展,就需要各式各样的人才去帮它干事。

要知道,不论是战火纷飞、兵荒马乱,还是繁荣昌盛、人民康乐,我们能够降临在哪个时代,完全靠的是运气啊。A 后来说自己这一生正好目睹了一个国家的迅速发展。

与此同时，三百公里外的另一个城市里，玲珑的父亲开始在官场上平步青云，这为他后来的政治生涯打下了坚实的基础。

当然，烟花易冷，人事易分，那已经是很多年以后的事了。

5

澄澈的蓝天,参天的古木,清澈的河流,远处有连绵不绝的山脉。

盛夏的傍晚,A 会和小伙伴一起在河塘里洗澡,这让他学会了一个后来引以为傲的技能——游泳。并且在一年又一年的重复训练中,把这个技能的属性点满了。只要愿意,他可以在水下憋气很长一段时间。

有一次钻进水里后,他迟迟不肯出来,很快,波光粼粼的水面变得无声无息、一片寂静,可把在岸边等待的妈妈吓坏了。

时光飞逝,长大后,他穿梭在钢筋混凝土的城市里,透过大大的玻璃窗,看到一家健身房里偌大的游泳池时,毫不犹豫地办了张年卡。

我们的农村已经焕然一新。有一次他从杭州开车回家时,看到路旁竖着一个大大的户外广告牌,上面是一幅绿意盎然的风景画,写着:"绿水青山就是金山银山。"

6

当然，对于孩子而言，可以每天和小伙伴们凑在一起，在电视机前看《葫芦兄弟》这样的国产动画片，或者《小鬼当家》这样的国外喜剧片，可是乐不可支、妙不可言的事情。

和往常一样，A 和小伙伴们目不转睛地盯着电视机，一双双清澈的眼睛灿若星辰。

电视里正在播放《小鬼当家2》。画面闪过，一家富丽堂皇的酒店中，主角凯文问一个路人甲："大堂在哪里？"对方回答："走廊尽头，右转。"

这个路人甲的扮演者就是唐纳德·特朗普，电影是在1992

年拍的,时光荏苒,二十多年后,他力挫希拉里成为第45任美国总统。

　　一切就像是坐了一架时光机。

Sweet Dream & 玲珑和 A 的恋爱

1

Z办公室里有一张书法作品，上面写着"善战者不怒"，是他决心创业前，A从家里翻箱倒柜找出来送给他的。

大二下学期时，A和Z阴差阳错，观看了校方组织的一场关于中国古代文化的辩论赛。辩论赛上大家唇枪舌剑，旁征博引。一张张青涩的脸蛋上，写满了倔强，对未来的勃勃野心，一览无余。

"中国古代的钱币真是充满了智慧，一方面它象征着天圆地方，一方面它就像男生的性格，外圆内方。"

"老是讲诚实啊，善良啦，因为你懒嘛，胆子又小。显然，一个人在这种状态下，是不需要承受任何心理压力的。难的是让他去干坏事。古代的《孙子兵法》不都是害人的吗，大放烟幕弹，把对方搞得稀里糊涂的，最后以波谲云诡之计，直接把剑插入对方的心脏，让他去死。"

"我想起了古代的一个故事。大庭广众下，赵高当着所有人的面，指着一头鹿说，这是一匹马。他为什么要这样做？因为他心里没底，他想知道如果出现了权力争夺，有多少人能够保持坚定的立场。"

…………

纵天之辽，横地之阔，台上的雄辩手们，引经据典，据理力争。A 和 Z 在台下听得出了神。

虽然他们的想法还很稚嫩，虽然他们身处象牙塔，还未尝过生活的艰辛和煎熬，但是终有一天，他们将折断鹰的爪子，把狮子踩在脚下。

精健日月，星辰度理。后来没多久，Z 就退学去创业了。

2

"玲珑,你的确长得非常美,两只眼睛亮亮的,净如湖水。身材又好,腿又长,云想衣裳花想容。"A 一边开车,一边侧脸看着玲珑的脸蛋,笑盈盈地说。

玲珑听了后,双颊绯红,目视前方,嘴角漾起浅浅的微笑。

车窗外,阳光明媚,天空很蓝。

春回大地,万物复苏。今天是周末,又是植树节。清晨,A 拉开窗帘,在阳光下伸了个懒腰,然后拿起床头的手机给玲珑发信息,约她一起出来走走。因为她上次让自己带她出来锻炼,所以

A 索性说要不开车去西湖边，然后再一起骑自行车。

玲珑回复："好的。"

3

日出江花红胜火，春来江水绿如蓝。三月的西子湖，杨柳夹岸，碧波荡漾，风景如画。

玲珑和 A 随着人流，骑车穿过苏堤。一路上，到处都是花花绿绿的共享单车。

忽如一夜春风来，千树万树梨花开。随着移动互联网的普及，各种颜色的共享单车如雨后春笋般涌现出来，遍布城市的大街小巷。就像几年前蓬勃发展的打车软件一样，它悄悄地改变着人们的出行方式。

来到太子湾公园，到处都是出来踏春的游客，三五成群。大家欢声笑语，放空心情。

　　阳光暖暖地洒在大地上。玲珑和 A 边走边聊，聊杭州马拉松四万米，聊海底两万里，聊她吃过的可可布朗尼，聊他吃过的鸡汁土豆泥。一阵风，吹到他的脸上，拂过她的长发，吹过她的裙摆，裹挟着他和她呼吸的味道，飞向遥远的蓝天。

4

有那么一阵子，古装穿越剧相当风靡，拍一部火一部，老百姓看得津津有味，对这些电视剧也是喜闻乐见。影视投资方呢，乐见其成，因为公司的股价也跟着节节攀升。就像当前正在网上热播的电视剧《逐鹿天下》，有口皆碑。大家都在追剧，等着更新。剧情是男主角穿越回古代，辅佐一位皇子争权夺利、逐鹿天下的故事。

A 本来不大喜欢看电视，特别是电视剧，絮絮叨叨的，看起来很耗时间，他觉得简直是虚度光阴。这一点他跟 Z 很像。但是最近流行的这个电视剧，玲珑很是推荐，便顺便看了下，发现的确不错。

在最新的一集中,各个利益集团之间的斗争已经进入白热化,朝野内外,风声鹤唳。

画面中,男主角沉思片刻,抬头注视着自己的幕僚,义正词严,掷地有声:

"大人在去燕京赴任前,再三嘱咐,现在是非常时期,凡事要按计划来,不可妄自行动。"

"我看你的履历,你也是从知州、知府,再到按察使、布政使一步一个脚印走过来的。为什么会干出如此荒唐的事情?"

5

湖泊,湿地,草原,野生动物。开车穿过环城北路,沿着天目山路,一路向西,就是闻名遐迩的西溪国家湿地公园,这里环境清幽,水道纵横。

夏至未至,玲珑和 A 在这里边走边聊。对于这个地方, A 虽然早有耳闻,但是平时忙于琐事,也不会特意跑过来溜达。

随处可见的小桥,弯弯曲曲的河道,茂盛的植物,看着眼前一望无垠的田园风光, A 感觉时间都变慢了,仿佛置身于画中。

想不到城市的一隅居然还有这样一个令人心旷神怡的去处,这让他想起了自己的童年,曾经自己就是在这样的环境下长大的。有时，他也会若有所思，要是没有经历外面的大千世界，自己会不会在无忧无虑的时光里慢慢变老？

　　天空很高，风很清澈。玲珑迈着白皙修长的腿，走在田间小道上，冷不防说了一句："这里环境这么好，怎么不挖一块地出来搞房地产，造摩天大楼呀。"

　　A 看着她一副天真烂漫、不谙世事的样子，会心一笑，没有理她。

6

爱情和心灵，都有它奇怪的逻辑啊。

A 和玲珑联系得不多，大家平时都是各忙各的。偶然，茶余饭后，她看到他在朋友圈发的在健身房游泳的照片，会给他点赞；他看到她在"六一"儿童节时做的五彩斑斓的指甲，也会给她点赞。

但是不知何时起，A 发现玲珑的影子开始在自己的脑中挥之不去。有时候，自己给对方发了信息，要是没有收到回复，就会魂不守舍。

"时光漫过水岸，岁月洗涤了流年，浓浓的思念纷飞在有你的季节里。"

A 开始变得在乎自己的外表。出门前，会刻意照下镜子，看看自己到底是左边的头发高一点呢，还是右边的头发高一点；看到脸上淡淡的雀斑时，会数一下，总共有多少颗；然后纠结衣服到底怎么搭配才最合适。

"日出唤醒清晨，大地光彩重生。"后来，A 怎么也没有想到，这段时间居然是自己漫长的一生中最在乎外表的时候。

可能世上大多数男生都是这样的吧。往后的岁月，虽然也是衣冠楚楚，但到底不会像女生一样，每次出门前，在镜子面前一看再看。

窗外，夏天的风暖暖吹过。

7

一到秋天，整个杭城到处都是桂花的香味，走在路上，芬芳扑鼻，沁人心脾。

而到了深秋，朝晖公园的银杏树纷纷开始掉下落叶。

金黄色的银杏叶，铺天盖地，覆盖住地面上的每一个角落。一眼望去，有如童话世界。因此常有市民慕名前来拍照取景。

Ａ把车子靠边停好，和玲珑一起沿着这片银杏林边走边聊。

说到宠物，Ａ问玲珑有没有喜欢的小动物。玲珑说还好吧，没什么特别喜欢的。后来又想了一下，说，如果一定要选的话，狗狗不错。

　　A抓住这转瞬即逝的机会，话锋一转，战战兢兢地问她："那我这只单身狗你要不要?"声音不大，但是每一个字的发音都很清晰。

　　玲珑猝不及防，浅浅一笑，没有回答，眼睛却是亮亮的。

　　哈哈……喜欢这种东西，即使捂住嘴巴，还是会从眼睛里跑出来。

8

玲珑笑起来春色满园，全世界都是天堂。

夜深人静。A开车送玲珑回家，趁着等红灯的时候，他把右手伸过去摸着她的头发，浅浅一笑："玲珑，我看常常有男生盯着你的胸部，视线久久不能移开。"

"你是在说你自己吧！"玲珑迅速脸红，轻轻地推开了他的手，眼神湿润得可以拧出水来。密闭的车厢里洋溢着幸福的味道。

喜欢奔驰汽车的朋友知道，它搭载的AMG发动机，在每一个弯道都能给人带来乐趣；它的车内香氛系统，会让每一个女生啧啧称奇;它车头竖立的三星徽,会给每一个敢于做梦的男生带来幸运。

车窗外,夜空中洒满了星星。很快就到玲珑家了,愉快那么快,如果时空可以凝固,就让它多停留一会儿吧。

玲珑在位置上停了一下,随后解开安全带,准备开车门。A喊了一下她,她转过头,两人四目相对。昏黄的路灯下,宁静的车厢中,极近的距离里,她看到他的眼睛里有个自己。

这是一个奇妙的夜晚,只有当我们年轻的时候,才会有这样的夜晚。

徐志摩写过一首诗:我不知道风是在哪一个方向吹——我是在梦中,她的温存,我的迷醉。

9

一年四季，无论什么时候过去，灵隐寺里永远都是游人如织，络绎不绝的样子。大雄宝殿二十四米高的释迦牟尼雕像，低眉敛目，纹丝不动，俯视着芸芸众生。仿佛不论人世间发生了什么，它都了然于胸。

拾级而上，可以听到僧侣们诵经的声音，梵音缭绕，不绝于耳。远处，钟声阵阵，由远及近，缥缥缈缈。

抬头望去，天空蔚蓝，屋檐上的鸽子也停住了脚步，息羽听经，静观众妙。

玲珑牵着Ａ的手，在寺庙里兜兜转转，发现这座有着近一千七百年历史的古刹名寺居然还有图书馆,里面陈列着各类宗教杂志。

无事此静坐,有福方读书。随便翻开一本,可以看到人类对宗教的理解。管中窥豹,可见一斑。

"古代瑜伽将人的状态分为愚昧、激情、善良三种。而佛教则认为早上是天人进食的时间,中午是凡人进食的时间,晚上是畜牲进食的时间,深夜是恶鬼进食的时间。所以当你吃夜宵时,供养的是恶鬼。"

看到这,玲珑吐了吐舌头,噘起嘴对着A的耳朵窃窃私语:"看来我平时吃夜宵供养的是恶鬼啊。"

10

"心若知道灵犀的方向,哪怕不能够朝夕相伴。"

有些人身体隔得很远,遥不可及,心却很近,彼此一点就通;有些人身体隔得很近,同床共枕,但是双人床中间却隔着一片汹涌的海。

从星座八卦到家长里短,玲珑和 A 开始无话不谈。有时 A 开车时会给玲珑打电话,有时玲珑晚上睡前会给 A 打电话。时光飞逝,再堵的路,再无聊的夜,一下子就过去了。

有一次晚上打电话时,玲珑说她爸爸去北京了,最近两个月已经去了好几次了,可能接下来工作会有变动了。她妈妈揶揄她爸爸现在是神龙见首不见尾，只知道早上一大早出门，晚上什么时候回来，会不会回来，那就不确定了。

A笑着说："天道酬勤。看来你这恪尽职守、政绩卓著的爸爸终于要升职了。"

玲珑没有回答，隔了一会，幽幽地说："只是我觉得一个人位置越来越高，在官场中名气越来越大，往往性子会变，可是他自己并不知道，种种事情，总是和从前不同了。"

A有点愕然，问她："为什么这么说？"

玲珑停了一下，若有所思地说："我总感觉我爸爸的战友D叔叔自从升职以后，就跟以前有些不一样了。"

那天晚上睡觉时，很少做梦的玲珑难得做了一个梦。她梦见一个宽敞的餐厅里，一对情侣正在吵架。

11

每一个大胸的女生,都有一件低胸吊带裙吧。

澳门机场附近,一家度假村酒店一楼巨大的赌场里,来自天南地北的人们,在这里跃跃欲试。

人头攒动,坐在赌桌前正在参与的客人们目光锐利,一双眼睛追着不停翻滚的骰子乱跑,一颗心早已准备好。当骰子终于停下时,等待已久的眼睛扑过去,就像烙铁在寻找鲜肉。

Z 无意参与,围在旁边看了一会儿,就近在赌场旁边的商铺买了两个冰激凌,然后穿过人群,匆匆上楼了。

来到房间,久未谋面的荔枝穿着照片中的低胸吊带裙应声站起,粲然一笑,露出了雪白的牙齿。

一瞬间,电流贯通全身。

就像后来有一次,一个夜深人静的晚上,Z 在万籁俱寂中想到的,这不是什么人性的堕落,这本身就是人性。

12

Z 在大学期间,曾经看到过一篇文章,是介绍一位商人的。说当事人虽然家境颇丰,却不愿待在家乡狭窄的生活圈子里,大学一毕业,就独自一人迁居繁华热闹的都市,勇敢地伸出触角。在高级社交圈结识了不少有钱有势的名流,这让他在日后的事业中受益匪浅。

同为年轻人,对此,Z 深有感触。他想多看看外面的世界,渴望大展宏图。

不过他从学校出来后,一度很是迷茫。虽然一心想要创业,却不知从何下手,感觉就像老虎吃天,无从下口。

有一次，他听说青岛这个地方的啤酒居然有袋装，而且是刚刚从厂里生产好拿出来的，很是新鲜。于是任性地买了一张当天从杭州飞往青岛的机票，想尝尝看那究竟是什么味道。

可是晚上到了青岛后才发现，天黑黑的，哪里也去不了。

可能全世界所有敢于做梦的年轻人都是这样吧，尽管羽翼未丰，但是对命运的不甘和征服的野心却已经喷薄欲出。

有人说这个世界上每个人都是踽踽独行，在他们的人生发轫之初，总有一段时光，没有什么可留恋，只有抑制不住的梦想；没有什么可凭仗，只有他的好身体；没有什么地方可去，只想逐鹿天下。

光荣与梦想 & Z 和 A 的青年时代

1

"爱我中华,中华英姿焕发。"神州大地已经发生了翻天覆地的变化。

蹄疾而步稳,勇毅而笃行。随着简政放权政策的全面执行,让老百姓、企业办事"最多跑一次"成了大势所趋,许多中小企业和个体户终于摆脱了为办一张营业执照或者某类证件而反复奔波的噩梦。

Z 因为在滨江区新开了一家网红公司,所以来了趟行政服务中心。

随着物联网的发展,可以看到各种与时俱进的智能设备开始在行政服务中心崭露头角。从车子一进大门就会自动识别车牌的泊车系统，到大厅里会说话的机器人，高效的工作离不开科技的助力。

在这个过程中，许多行政机关免不了要委托社会上的企业制造各类智能设备，大至成套的集成系统，小至角落里的摄像头。

2

有一次，Z 的舅舅所在的政府部门召开招标评审会。按照流程，每个厂家都有半个小时的自我介绍。轮到其中一个厂家时，Z 推门进来，找了个位置坐下，全程听对方讲完，默不作声。

大家都心知肚明，Z 的舅舅是单位的一把手。

显然，结果是毋庸置疑的。

权力就像爱情，容易被感知，却不容易被衡量。

那天晚上，Z 回家后做了一个光怪陆离的梦。他梦见天空蔚蓝，自己随手一挥，手臂居然连着自己的整个身体急剧地向天边靠去,越来越近,他突然抓住了天,塞到自己的嘴里,狠狠地咬了一口。

都说老虎吃天无从下口,他这下可是活生生把天吃了一口啊。

3

电视剧《逐鹿天下》已经到了高潮。Z 来到酒店时，正好荔枝也在看，想起身边的人都在看，A 也说不错，所以也跟着看了起来，一窥究竟，到底是何方神剧。

电视画面中，金碧辉煌，衣香鬓影。皇子殷隼正在家中大宴群臣，他把所有与自己并肩作战的诸侯都喊过来，大快朵颐，推杯换盏。

他还把平时自己养在家里的歌女全部喊出来，一人一个分给他们，服侍他们吃饭喝酒。

大家说好了这个晚上畅所欲言，只谈生活，不聊政事。

　　酒足饭饱后，众人搂着自己身旁早已衣衫不整的侍女，回各自的房间睡觉。

4

酒店的电视机中，宴席散去后的宾客们，在各自的房间里，开始和家妓搂作一团。

当然，不管剧情进展到了哪里，荔枝和 Z 早已没有心思看了。

她感觉 Z 就像一只巨大的章鱼，将赤身裸体的自己严严实实地包裹起来，而章鱼的触角无孔不入。她已经分不清现在是白昼还是黑夜，是在酒店还是家里。她只知道现在自己的脑中一片空白。

她是在等待，等待着一种东西在自己的身体和大脑中绽放。周遭的一切已经毫无意义，只剩下等待。

…………

也不知过了多久。她酸软的四肢突然痉挛了一下，一瞬间电流贯通全身，脑中盛开一朵白色的花，慢慢向四周散开。

她像一只虚弱的猫一样，散落在床上。她已经魂飞魄散，她需要一点时间才能缓过神来。

5

A 外婆家隔壁有一位老人，九十多岁了。记忆中，当 A 还是一个孩子时，她的活动范围就不会超过直径十米，近几年更是因为腿脚不便，每天不是坐着就是躺着，通过窗外光线的明暗感受日月的变迁。

二十多年了，我们的世界，我们的生活，发生了翻天覆地的变化。可是所有的一切都与她无关。

万事从来风过耳，一生只是梦游身。

6

有时，A 也会想，他觉得每个男生在成长的过程中都有爱八卦之心，比如说，政治上的波谲云诡，谁上位了，谁锒铛入狱了；或者说娱乐圈的八卦，谁谈恋爱了，谁出轨了。凡此种种，无论是人生得意须尽欢，还是繁华散尽无人问。所有的这一切都与你无关，热闹是他们的，你只是一个过客。

你会谦虚地把头低下来吗？

2017 年 7 月 20 日，福布斯中国公布了一份叫作"30 位 30 岁以下精英"的榜单，分别在能源、金融、零售、娱乐等 10 个领域，各选了 30 位青年才俊。他们当中有 28 岁的浙江大学美女研究员,有 26 岁的 ofo 小黄车创始人,有 25 岁的娱乐明星迪丽热巴……

福布斯认为作为行业翘楚,这些人可以改变中国的未来。

就以上新闻热点,一位记者在街头随机采访了一位普通市民——阿花女士。

"请问这位女士,你怎么看这些了不起的同龄人或后辈?"

阿花神色一黯,说:"我就,我就在手机上看看呗。"

"好的。那再请问,你是如何接受自己只是一个彻彻底底的普通人?"

市民阿花支支吾吾,说:"那就,那就别扭着接受呗。"

7

大学期间，A 和 Z 虽然只有两年的共同记忆，但是两人算是趣味相投，常常一起上课，吃饭，形影不离。当然，之所以说形影不离，是因为有些课上，当老师点名喊到 Z 时，A 会发出一种怪异的叫声："到。"

有一次，一个盛夏的晚上，Z 带 A 来到宿舍的天台，两人一边看着天上的繁星，一边聊天。

星河欲转千帆舞。A 很是吃惊，躺在屋顶仰望星空居然如此壮观，感觉自己离星星超级近的，好像伸手就能摘下满天的星辰。心想，古人说的"手可摘星辰"，大概就是这景况吧。

青春的色彩应该浓烈过凡·高的向日葵。那时 Z 已经换了好几个女朋友了，A 却还是个单身狗。A 问 Z，有没有想过结婚。

Z 眺望着浩瀚无垠的星空，沉吟半晌，说："结婚可不是谈恋爱啊。毕竟两个人相爱，然后一起养孩子，一起经历生活中的起起伏伏，是一件浪漫，但也是严肃的事情。"

后来，沿着婚姻的话题，A 说自己曾经看到一篇文章，大意是说避免近亲结婚是社会的一种自我保护，它希望通过这种方式，让不同地域的人发生联系，从而使整个社会的关系纵横交错。

就这样，两人躺在屋顶，在这片广袤而宁静的宇宙之中畅聊，天南地北，海阔天空。

若干年后，Z 把自己舅舅的一位战友的女儿介绍给了 A，那个女孩就是玲珑，叶玲珑。

8

A 有一个手机号码,尾号是 8888,是工作后 Z 送给他的。后来他和玲珑热恋时,有一次,一边开车一边通过车载蓝牙打电话。一个小时的车程,两人愣是从头聊到尾,仍意犹未尽。

热恋中的人啊,无论路途多么漫长,无论道路是否拥堵,一切都不再重要,不再乏味。是她让他的生活从黑白变成色彩斑斓,是他让她的世界从那一刻变成粉红色。

一路上,不知怎么两人聊到了手机号码, A 得意扬扬,说自己的号码好,乃超级靓号。玲珑揶揄他,说自己以后要整个尾号 5 个 8 的号码。

车窗外,阳光缓缓倾泻进来。

徐志摩写过一首诗:我不知道风是在哪一个方向吹——我是在梦中,甜美是梦里的光辉。

9

无论是爱情还是友情，有些人身体靠得很近，心却离得很远，咫尺天涯；而有些人身体离得很远，心却靠得很近，天涯咫尺。

毕业工作后，虽然 A 和 Z 相聚的时间越来越少了，但是双方之间的关系并未因此疏远，因为彼此心里清楚，不管什么时候，只要一个电话，对方就会在需要的时候尽其所能给予帮助。

对 A 而言，这份友情，虽然不像爱情那样轰轰烈烈，但是就像一坛陈年老酒，越陈越香。

有一次晚上，他和 Z 吃完饭后，一起沿着西湖北面的白堤边走边聊。

月朗星稀。Z明确表示，自己不喜欢文艺生活，尽管坐下来拍拍照片，喝喝下午茶啥的，好像很有小资情调。他说自己更喜欢不论去哪里吃饭，直接把车子停到酒店门口，而不是不停地问有没有车位，有没有车位。

A听了后，哈哈大笑，说："这就是你买豪车的原因吗？虽然一个月都开不上几次。"

Z粲然一笑。

后来聊到虚荣心，A说："我想，对年轻人而言，有时候虚荣心是很大一股力量，它可以推动你往前走，把你塑造成一个厉害的人物。"

当然，对Z而言，在他的内心深处，这些都不是生活的目的，它们只是做事的工具而已。只是这种感觉极浅极淡，隐没在他的意识深处，他自己也无法察觉。

10

长风浩荡,潮起潮涌。

"为浙江发展闯关,为全国改革探路。"杭州的城市建设已经发生了翻天覆地的变化,钱塘江两岸到处都是高耸的摩天大楼。

其中,在钱江新城新建了一家插入云端的五星级酒店。开业后,Z 特意喊 A 一起过来吃饭,并告诉他还有一群网红呢。

位于大楼三十七层的酒店大堂,窗明几净。站在窗边,居高临下,透过大大的落地窗,放眼望去,美丽的城市风景尽收眼底。一幢幢摩天大楼鳞次栉比,一条条宽阔大道纵横交错。宽阔的路面上,各种私家车、公交车川流不息。

　　阳光缓缓地倾泻进来。一群可爱的女主播正在酒店的大厅里喝下午茶，一个看似二十多岁的女生，轻轻呷了一口咖啡，往沙发上微微一靠，风趣地说：

　　"冷静下来仔细想想，我想要的只是荣华富贵而已。"

　　"是的呢，买买买的人生才是世界上最美满的人生。"一个年龄相仿，围着浅蓝色披肩的女生，双手托着腮帮，一边看着窗外的无敌风景，一边淡淡地附和道。

　　"呵呵……喜欢的人不一定会喜欢你，但是买了喜欢的东西，它就是我的！"另外一个女生，一边低头刷着手机上的购物网站，一边说。

　　而窗户边，一个穿着白绿相间低胸装的女生一只手举着自拍杆自拍，一只手正在比心，甜甜地说："谢谢宝宝的樱花雨！"

11

爱情固然好,友情万万岁。有人说,男生应该更喜欢和男生在一起玩吧,因为同性之间有着更相近的兴趣爱好和思维方式。

从杭州城区驱车前往千岛湖两个小时就够了,并且在出高速时,如果没有带现金,只要刷下支付宝就可以了。

一个风和日丽的周末,Z 一时兴起,心血来潮,约 A 陪他去千岛湖。A 说好的,但明确表示自己要去吃鱼头。

晚上,两人一起在一家度假酒店吃完饭后,沿着湖边的小道散步。

远处星星点点的灯塔依稀可见。一缕夜风吹来，打在脸上，沁人心脾。

A 说："生而为人，本身是很爽的，可以感受到肌肤之亲，可以看到夹岸风沙、落英缤纷。只是生活中大家都是稀里糊涂地过日子，浪费了而已。"

Z 问 A："你看过这么多书，可有啥心得？"

A 说："我感觉生而为人本身应该是件非常快乐的事，但是好像被什么挡住了，无法感受到这种乐趣。有时候甚至无法与自己和谐相处。"

"无法与自己和谐相处。"Z 低低地重复了一遍这句话，说，"是啊，我喜欢驾驭自我的感觉。有时候心情好时，会有一种自己可以驾驭自己的感觉。感觉神清气爽、心旷神怡，分析起问题来有如神助。"

A 接着说道："而我们的身体，仅仅只是一具皮囊而已。有些人运气好，恰好长得好看，天生丽质。"

Z 说："自己有时候会想象，有这样一只手，当它从你的身上抚过时，自己受过的所有的伤痛都痊愈了，在那一刻，你被赦免了。"

12

女人的青春是非常宝贵的。

有一次，Z 的母亲让 Z 教她如何在自己闺蜜的微信群里发表情包。Z 正好看到群里有人发了这么一句话：只要能让自己回到二十岁，让她干什么都愿意。

对这句话，Z 印象很深。

他想，这个世界上有些阔太太，她们人到中年，衣着光鲜，全身上下都是奢侈品，出入各种社交场合，流光溢彩。每天的生活不是护肤就是养生，虽然所费不菲，但是依然无法抹去岁月在自己身上留下的痕迹。

　　有时候，自己和荔枝翻云覆雨后，会看着她穿上衣服。虽然都不是什么昂贵的奢侈品，却很搭，看上去很漂亮。

　　Z 想起 A 说过的一句话，全身上下都是奢侈品，奢侈品要是会说话，它一定会嗷嗷大叫："你配不上我，你配不上我。"

13

天道酬勤，日新月异。经常去欧洲旅行的朋友知道，中国沿海一带的经济，已经不比一些发达国家的城市差了。

飞驰的高铁，取代钱包功能的移动支付，无处不在的共享单车，便捷的网购……随着"一带一路"倡议的落实和拓展，中国已经成为世界瞩目的焦点。

但是 Z 在上网时，总会听到一些负面声音，有些网民和境外媒体对中国的现状充满了不满，总觉得不尽如人意，这也不好那也不好。有一个晚上，他在澳门的一家酒店里，躺在床上玩手机时，看到一个叫"泡泡眼"的网民，在北京市政府对进京人口进行限制的问题上，冷嘲热讽。

对此，Z 不以为然。

他想，中国是一个庞大的国家，也是一个在迅速发展中的国家，任何事物的发展都有一个过程，不可能一蹴而就。

北京人很多，摩肩接踵，装不下了，不去了就是。我们的二线城市，我们的新农村，也不差的呀。

无数个苦难时期，百姓生活在水深火热之中，现在的生活比那时要好得多了吧。

当然，另一方面，扪心自问，他也能理解生之艰难。他想，生活没有想象中困难，但也没有想象中容易。就像 A 曾经发给他的一位法国作家的话："有时，我可能脆弱得一句话就泪流满面；有时，也发现自己咬着牙走了很长的路。"

14

有能力的人可以为社会服务，有奉献心的人才能带动社会进步，这是整个社会打造良性循环的关键。

2017 年 4 月 6 日，中国国家主席习近平在美国佛罗里达州的海湖庄园与特朗普会晤。

勇往直前 & F 的副本

1

天空漆黑无边,马路上的车连成一条条火龙,明亮绚丽。

王花花一边坐在副驾驶座上手舞足蹈,一边绘声绘色地向男朋友述说,自己今天中午和同事出去吃饭时,在街头被一个记者采访了。

男朋友 F 手握方向盘,感受着女友声情并茂的样子,也不知道到底有没有听进去,沉吟半晌,说:"嗯。"

他已经厌倦了这样朝九晚九的生活,感到空虚和乏味。结束了一天疲于奔命的工作,现在只想回家好好睡一觉。

曾经他勤勤恳恳,披星戴月,风雨无阻,拼命打拼,觉得条条大道通罗马,到头来却发现有的人就出生在罗马。

不过厌倦归厌倦,每次女朋友晚上加班,他都会开车过来接她。有时候来得早了,在等她下班时,他会先把车子熄火,然后把驾驶座的靠椅往后面放,接着拿出手机上网。

不知何时开始,大家已经离不开智能手机了,它已经成了手指的延伸。小小的五寸屏里,藏着大千世界。

2

F 在车厢里百无聊赖地翻着朋友圈，一脸疲惫。

"失败是成功之母，可惜成功六亲不认。"

"万事开头难，然后中间难，最后结尾难。"

…………

当看到有人转发毒鸡汤时，他就会随手点个赞。行年至此，他已经不再理会那些豪情壮志的梦想，或者循循善诱的语言了，只想抱着无欲则刚的态度，过着随遇而安的生活。

　　有时候，他也会扪心自问，每一年，自己到底是真的活了365 天，还是活了 1 天，重复了 364 次。

　　狭小的车厢里，手机屏一亮一熄映着他"锈迹斑斑"的面容。只是有一点，是他未曾想到的，安逸的生活里最难的部分却是雄心尚在。

3

时间一分一秒地过去，女朋友依然迟迟没有下楼。

F 点开微博上的热门新闻，看到互联网的大咖们在公开场合高谈阔论，媒体们竞相报道，观众纷纷点赞。他一脸的不屑。人心悬反覆，天道暂虚盈。他想，世人多凡胎肉眼，见人显赫，则畏而重之，见人沦落，则鄙而笑之。

想起峥嵘的往昔，曾经他也汲汲于富贵，一直和自己暗暗较劲，一心只想发财，飞黄腾达。如今，这么多年过去后，他已经自己和自己握手言和了，无论庶民还是贵胄，意气风发还是灰头土脸，平凡还是不平凡，他都接受了。

曾经他也豪情万丈，只是最终还是被柴米油盐淹没，陷入琐碎中，泯然众人。

当他看到一则新闻，大意是说，北京市政府因为人口过多，准备采取措施对进京人口进行限制时，终于忍无可忍，点开微博上的评论按钮，键字如飞。

他想起了一句话："高高在上的神总是感受不到底下苍生的疾苦，匍匐在地面上的恶鬼唯有向天怒吼才能引起天神的注意。"

很快，网名"泡泡眼"的评论被顶上了热门，他想，应该是因为自己这段义愤填膺的话，说到大家的心坎里了吧。

在网上逛了一圈后，女朋友终于下楼了。F 把手机搁到了一边，现在他只想回家好好睡一觉，希望睁眼的时候，tomorrow is another day。

互联网就是这么神奇，他刚才发的这段疾恶如仇的话，正好被远在澳门，躺在床上翻手机的 Z 看到了。

4

接天莲叶无穷碧，映日荷花别样红。

随着气温的攀升，白天开始变得漫长。如果到了傍晚七点，夕阳的余晖仍然懒懒地洒在大地上，迟迟不肯落幕，那么就是盛夏啦。

只要是盛夏时节，杭州的天空永远都是湛蓝湛蓝的，万里无云。

开车经过南山路，可以看到道路两旁的法国梧桐树，枝繁叶茂，遮天蔽日。阳光直射下来，斑驳的树影落在地面上，影影绰绰。而树上的知了则不遗余力地呐喊着，此起彼伏。

正午时分，烈日当空。A 开车去机场，一边调整遮光板的弧度，一边把车里空调的风量再调大一格。Z 今天的飞机回杭州，晚上他们计划一起去参加一个大学同学的婚礼。

穿梭在机场高速，虽然天气炎热，但是可以看到高架两旁的工地上，戴着黄色安全帽的工人们依然在忙碌。高高耸立的大吊机拉着各种建材徐徐地转动。

路边，洒水车奏着哄宝宝睡觉的安眠曲缓缓地溜达，给干净滚烫的水泥路带来一丝丝清凉。

远处，飞机在天空中掠过，留下了一道美丽的拉花。

他想，如果有人在城市上空架起一架摄影机，俯瞰这座城市，就会发现：嘿……我们的城市就在这一朝一夕中，发生了翻天覆地的变化。

5

A 身边的同学陆续开始结婚了。

婚礼上，学生时代玩在一起的同学们刚刚拼成一桌，大家聊得不亦乐乎。席间，互相打听着彼此的近况，并且趁着上菜的间隙拿出手机刷新下朋友圈。

前几年大家茶余饭后会刷微博，现在是刷朋友圈。随着互联网的日新月异，相信以后还会有其他新生事物来替代。但是，无论社交软件如何变更，同学、朋友、家人之间渴望沟通的需求是永不变迁的。

抚今追昔。曾经在大学期间，Z 仰望着万里星空，说婚姻和恋爱是两回事。现在，Ａ身临其境感受着婚礼上的热闹场景，看着双方家长忙碌的身影，看着觥筹交错的宾客，终于似有所悟。

谈恋爱是两个孩子之间的事，而婚姻是要承担责任的。在他穿上西装、她穿上婚纱的那一刻，就长大成人了。

在这花好月圆夜，在这盛大的婚礼现场，你们所有的亲戚，你们爸爸妈妈一生当中最好的朋友、同事，两个家庭所有的人际关系，在这个甜蜜嘈杂的夜晚交融在一起。

在推杯换盏中，在人声鼎沸中，在司仪的引导下，在现场所有宾客的见证下，你们走在了一起。

这不单单是两个孩子的事，这是两个普通家庭短暂的一生中重大的抉择，它将对双方家庭未来的生活产生深远的影响。

就像曾经你的父母含辛茹苦把你养大，有一天，当你们有了自己的孩子后，你们也要竭尽所能把他们养大，努力给他们一个优渥的环境，让他们健康快乐成长。

结婚了，就是长大了。你要有这个心理准备，从今往后要做一个不动声色的大人了，不准任性，不准孩子气，要敢于承担责任，勇往直前。

6

西湖边,开车穿过北山街,拐到孤山路,一直往里面开,可以把车子停到平湖秋月附近。

A 把车子停好后,径直去了楼外楼,是 Z 约的地方。

这家已有一百六十多年历史的菜馆,在 1972 年尼克松访华时,周总理曾经邀请他来这里。他们当时用餐的照片现在依然悬挂在墙上。时光飞逝,近半个世纪后,杭州召开举世瞩目的 G20 会议,楼外楼接待了二十国集团领导人的夫人们。

因为菜馆就坐落在西湖景区,风景如画,所以 Z 和 A 常常来这边吃饭。两人随便吃了点后,便沿着孤山路向白堤的断桥方向走去。

　　一路上，A 问 Z，你舅舅的事情还好吗。Z 表示情况不是很乐观，已经在接受组织调查了，不过他这边还好，影响不大。然后 Z 问 A，最近跟玲珑的关系怎么样了。A 说她比较任性，不喜欢循规蹈矩，不喜欢一成不变，喜欢新鲜事物，有时候说话像天方夜谭。

　　男生不像女生，有什么烦心事，会找闺蜜倾诉、排遣。无论是工作上还是生活中，男生有时候受了委屈，一夜过去就忘了。第二天醒来又是阳光明媚的一天，有各种事情在等待着去忙碌。

　　临走前，A 问 Z 明天有没有空，陪他一起去趟西湖国宾馆。

　　Z 幽幽地说，哈哈……明天不行，要去下澳门。

7

萧山机场。

Z在位置上坐好，拿出手机，手指在屏幕上不停地滑动。一边翻着荔枝朋友圈里近期的照片，一边急不可耐地等待着飞机滑行起飞。

从萧山国际机场到澳门国际机场只要两个小时的航程就够了。

荔枝虽然名字叫荔枝，但是无论身材还是脸蛋，看起来就像是多汁的水蜜桃，谁都想咬上一口。

一到澳门，Z 便匆匆赶往酒店。

穿过酒店一楼大厅巨大的赌场，来到电梯口，Z 掏出手机，刚才荔枝已经把自己所在的房间号发到了他的手机上。

他是多么喜欢荔枝啊，可以让疲惫的灵魂专注于肉体的愉悦。最近，他已经不此一次不远千里过来找她了。

8

荔枝在淋浴房冲完澡后,回来躺到床上,准备刷电视剧。

白色的被子斜盖在身上,露出了白皙漂亮的小腿。而被子的另一边掩盖着 Z 的身体。

见荔枝躺上来, Z 一只手握着手机,另一只手臂则伸过去横搁在荔枝酥软的胸部。然后转过头盯着她的脸蛋,意味深长地问,自己有一天会不会把淫欲戒掉。

荔枝推开了他的手臂,没有理他。

Z 又喃喃自语感叹了一句:"事前淫如魔,事后圣如佛。"接着继续看手机了。

他点开网名"泡泡眼"的头像,是一张人脸的漫画,感觉似曾相识。于是进入对方的主页,往下拉。

嗬!真是无巧不成书,这不是自己的大学同学 F 嘛。他现在还能想起,以前考研时,F 常常挂在嘴边的一句话,"具体问题具体分析是马克思主义活的灵魂"。而 A 那时说得最多的一句话就是"理解万岁"。

嘿嘿……世界真小。

他赶紧往下拉,从只言片语中可以看出 F 现在是互联网从业人员,并且貌似做过的一个项目还拿了什么科技创新奖。

哈哈……真有趣。

他赶紧跟 F 私聊,留了自己现在的联系方式。

9

　　天空中翱翔的雄鹰，大地上参天的古木，海洋深处微小的藻类。在生物的多样性中，人类也只是灵长类动物中一个细小的分支。

　　推此及彼。夜深人静时，Z曾想过，虽然这是一种生理需求，是一种生物本能，但是在那一刻，好像自己都控制不了自己，被某种东西牵引着，让他蠢蠢欲动，身不由己。

　　当然，不止Z，社会上许多人，一生中很大一部分时间都被情欲主宰。由此衍生出了五花八门的色情业，让一部分男人趋之若鹜；让日本的AV文化成为国民经济的重要组成部分；让日常生活中两性之间的关系变得暧昧。

10

关于性欲，夜深人静、万籁俱寂时，A 也曾想过。

众所周知，在茫茫宇宙中，虽然我们的地球已经存在了四十六亿年之久，但是我们人类在这片土地上存在的时间却很短。我们的科技依然亟待发展，我们对万物的运行仍知之甚少。

他想，如果这个世界上真有造物主创造了人类，那么它在设计之初，就在人类身上加载了这种原始欲望，它需要通过这种方式，让两性之间产生兴趣，然后发生关系。

它需要通过这种方式，让人类得到繁衍，薪火相传，生生不息。

但是不知为何，在这黑夜之中，他想起了歌德的一句话：谁要是游戏人生，他就一事无成；谁不能主宰自己，谁就永远是一个奴隶。

屋顶上，一万公里的夜空中，繁星缓缓地旋转。无论是太阳系还是银河系，一切都是那么宁静，无声无息。

他想，虽然人类在这片土地上存在的时间还不长，但是接下来，许多类似这样的未解之谜终将缓缓地解开。

也或许，永远都不会解开，直到时间的尽头。

11

城市的另一边,玲珑正在床头用平板电脑刷《逐鹿天下》。

屏幕中,满天的繁星下,男主角独自一人在空旷的郊外散步。

无穷无尽的星空总是能让人浮想联翩。

在这孤独的漫步里,他并不寂寞,他有千万种思绪为伴,也有那真正的自己,与他做心灵深处的恳谈。

他明白皇子殷隼如此器重自己,是因为自己深明韬略、善晓兵机。而对自己而言,他希望自己或者自己的集团可以成为权力的中心，这是他的使命，也是他一生的追求。

　　他想起自己一直辅佐皇子逐鹿天下。有时候在鞍马劳顿中，他会想，这个世界上会否存在这样一种思想，这种思想是如此的犀利，以至于它能够斩断金刚石。

12

对于外甥在外面从事的商业活动，D 略知一二，他知道外甥有时候借着自己的影响力在外面虚张声势、狐假虎威。但是在他的印象里，应该都不是什么违法乱纪的事。

至于那天评审会上的事，事实上他本人并不知情。

后来想起来，也是后悔不迭，一开始就不应该让自己的亲属如此随意出入自己的单位。每次他的外甥开车过来，都是直入直去，从来不打报告。

13

大洋彼岸。

轰轰烈烈的第 45 任美国总统大选正在如火如荼地进行。

通过电视机里的镜头画面，可以看到双方阵营的支持者都在疯狂地挥舞着小旗子，为自己的候选人呐喊助威。

这些竞选道具，其中大部分都来自中国义乌，上面印着"Made in China"。曾经有中国记者在大选期间，去义乌的一家旗子生产作坊采访。作坊老板说，特朗普的旗子他们这里前前后后已经做了二十万面了，希拉里的旗子只做了两批，也不敢囤货，因为很多客户直接取消订单了。

14

北京时间 10 月 20 日上午 9 点，第三场美国总统大选电视辩论在赌城拉斯维加斯举行。双方就国际热点、移民、经济、最高法院等六个话题展开激烈争辩。

辩论的最后，希拉里称赞特朗普的儿女都非常优秀；特朗普也夸希拉里从不后退，从不放弃，是一个斗士。

暗无天日 ＆Ａ的失恋

1

后来 Z 和 F 在线上有过几次交流。

有一次，F 来杭州出差时，双方见了个面。因为那天 A 正好也没事，所以 Z 把 A 也一起喊上了。毕竟都是同学，大家可以一起叙叙旧，怀念一把大学时光。

当然，对 Z 而言，正好有一些网红公司方面的事情，可以顺便问下这位有着多年互联网从业经验的老同学。

见面时，Z 发现 F 老了，无论是在生理上还是心理上，F 都老了很多。

Z 和 A 在学校里时，与 F 有交集的日子虽然不多，但是有一个画面记忆犹新。当时有个同学说，管理学上有个说法，素养分为素质和修养，一个人的素质是天生的，不可习得；修养是后天的，可习得。

当时 F 听了后，满腔愤懑，全力反驳，他认为不论是素质还是修养，都是后天可以习得的。

而现在坐在眼前的 F，虽然依然戴着眼镜，头发凌乱，但是早已没有了当年的倔强和锐不可当。

当天，大家相谈甚欢，差点在工作上达成某种合作，但是 Z 最后还是克制了一下。他心里明白，时至今日，多年的从商经验告诉他，从自己第一次和别人相聊，到能够确定跟对方正式打交道，建立合作关系，这之间，有很长很长的路要走。

聊天结束后，Z 委托 F 帮忙打听一个事情，然后大家一起乘电梯前往一楼。

本来是准备一起吃晚饭的，但是 F 要赶飞机，所以改到了下次。

F 说他已经用打车软件叫好了车，要再等个几分钟。Z 说那他跟 A 先走了，他们的车子就停在酒店门口。

F 看了下，是一台黑色的法拉利。

看着Z的车子在一阵轰鸣声中绝尘而去，再想起刚才聊天时，Z手指上巨大的 Graff 戒指，镶满钻石的 Vertu 手机，以及举手投足间流露出的那份从容，F 感觉自己对 Z 的印象只剩下土豪土豪土豪。不过有一点，他很想知道，Z 的钱到底都是从哪里来的呀。

2

爱情和心灵,都有它奇怪的逻辑啊。

不知不觉,又过了一个秋,后知后觉,玲珑已经离开了 A。

没有了夏日的晴空万里,杭州的秋天有时灰蒙蒙的,分不清是雾还是霾。有很长一段时间, A 都沉浸在回忆里,他想起和玲珑一起骑车去太子湾公园,一起去西溪湿地,一起去朝晖的银杏林,一起去灵隐寺,一起刷电视剧《逐鹿天下》。想起曾经一起走过的路,淋过的雨,吵过的架,看过的电影。

有时候开车在路上,看着副驾驶座空空荡荡的位置,心里也空空荡荡的。从始至终,仿佛做了一个漫长的梦,恍如隔世。

1977 年 3 月 27 日，两架波音 747 客机在跑道上相撞，导致 580 多人死亡。事后，人们疯狂地展开调查，企图从中找到原因。

A 想，现在的自己，失魂落魄，莫过于此。一遍又一遍地回忆，可是回忆已经没有意义。

3

A 一边开车，一边沉浸在漫无边际的回忆中。

车子拐到南山路，找了个停车场。挪好位置后，收费员用手机扫了下车牌。

A 抬手看了下时间，径直去了西湖天地的一家餐厅。到店后，找了个靠窗的位置坐下，点了份最便宜的下午茶。时间、地点都是约好的，但是对方还没来。A 坐在位置上，心不在焉的。

是来相亲的。

所有儿女到了年纪的家庭都一样，家长们开始催促自己的孩子赶紧找到对象，希望他们可以平静地度过一生。在这一次又一次的相亲中，有人找到了心仪的对象，从此一屋二人三餐四季。但更多的是不尽如人意，草草收场，顺便在这个过程中看尽人间百态。

时间一分一秒地过去，A 和对方尬聊了半个小时，礼貌地结束了这份一面之缘。

从餐厅出来后，没有直接回停车场，而是随着景区的人流，沿着湖边小道漫步。虽然已是秋天，但是西湖边依然绿柳依依，生机盎然，清新雅丽。

4

天空中不知不觉下起了淅淅沥沥的小雨。A 漫无目的地走着，心里空空荡荡的。

穿过马路，不经意间，周遭已是人声鼎沸，抬头一看，居然到了河坊街。这条有着古城风貌的老街，一路上全是各种小吃、小玩意儿。店家的招徕声、游客的喧闹声不绝于耳。

天街小雨润如酥。穿梭在熙熙攘攘的街道，看着人潮拥挤，A 突然感觉无比的寂寞。

玲珑，你现在在哪里？过得好吗？我好想你。

他知道接下来很长一段时间，自己都会走不出这个阴影。

他想到了一句歌词："我想我会一直孤单，就这样孤单一辈子。"

5

走过的路，见过的人，各有其因，各有其缘。

后来，A 也曾一遍又一遍地自我安慰，告诉自己，心动了要勇敢去爱，缘尽后也要潇洒离开。然而并没有什么用，玲珑的身影始终挥之不去。

一直以为彼此以后还有很多的时间可以一起消磨，还有很多的节日可以一起庆祝，没想到一切都是那么快。

A 曾经试过挽回，卑微地把头低下来，但是发出去的信息、打出去的电话，就像是鲸沉入了海底，杳无踪迹。他知道已经再也回不到过去了。

可能所有的年轻人都会经历这样的岁月吧，被爱时浑然不觉，直到失去后才痛彻心扉。

"喂，开始了吗？"

"不，已经结束了。"

徐志摩写过一首诗：我不知道风是在哪一个方向吹——我是在梦中，黯淡是梦里的光辉。

6

天网恢恢，疏而不漏。在铺天盖地的反腐行动中，在中央巡视组进驻 D 的单位期间， D 终于还是因为外甥在招标评审会上的行为受到了群众的实名举报。

平地一声雷。

当晚，有网民开始讨论这个过程中有没腐败，如何衡量。大家议论纷纷，说 Z 当时全程没有说过一句话，只是安静地坐在角落里，但是在场的每个评委好像都知道应该如何打分，应该让哪个厂家中标，他们彼此心照不宣。

权力就像爱情，容易被感知，却不容易被衡量。

后来，有记者拨通 D 的电话，向他证实当时对外甥的行为是否知情时，D 如实陈述，并且提到自己当时正在外地开会。

7

这是一个难眠的夜晚。窗外，风雨交加，电闪雷鸣。

Z 在经历了煎熬且灼热的内心变化后，痛定思痛，在朋友圈发了一条莫名其妙的状态："没有亲情，没有友情，只有互相利用的感情。"半夜醒来后，又迅速删掉了。

也是在这个晚上，玲珑和 A 发生了激烈的争吵。

树欲静而风不止，不论是 Z 还是 A，还是 D，故事里所有的人，都不曾想到自己的人生已经马不停蹄地走上了另一条路。

8

剃刀锋利,越之不易;智者有云,得渡人稀。

F 工作几年后,虽然一度心灰意冷,但是一有机会,他依然会斗志昂扬起来。对于金钱,他也相当渴望,一方面因为自己真的穷过,一方面因为这颗不甘平凡的心。

他想,好多人在二十岁的时候就已经死了,不过之后过了好多年才被埋掉,这之前都是在重复前面的日子。

所以,后来,当 Z 委托他的事情终于有眉目时,他马上给 Z 打电话。电话中,可能是因为自己太激动了,居然呼吸急促,一时说不上话来。

就像大家晚上做过的噩梦，明明自己有一张嘴，可是不管如何呐喊，声嘶力竭，却始终无法发出声音。明明自己有一双腿，可是不管如何奔跑，全力以赴，却始终无法迈开步子。

9

再次来到灵隐寺已是一年后。

郁郁黄花,无非般若;青青翠竹,尽是法身。拾级而上,看着身旁的石塔经幢、殿宇飞檐,想起曾经和玲珑有过的点点滴滴,A 心里灰蒙蒙的,像大雨将至,那么潮湿。

来到药师殿西侧的云林图书馆,曾经他和玲珑来灵隐寺玩时,误入此处,闹中取静,她依偎在他身旁一起看书。她噘起嘴在他耳边窃窃私语,他一边摸着她柔软的头发,一边翻着书,书扇起来的风来自上个世纪。

所有的一切,历历在目。仿佛还是昨天,可是昨天已经很遥远。

A从书架上随手取下一本书,翻到一页:《金刚经》的全称是《能断金刚般若波罗蜜经》,之所以如此命名,是因为作者认为存在这样一种思想,这种思想是如此的犀利,以至于它能够斩断金刚石。

书后面还有一个二维码,是一个音乐链接,里面是一个女明星诵读的一段经书。

"无上甚深微妙法,百千万劫难遭遇……"

后来A把这个推荐给Z,Z把它下载下来,放到了车上。

10

迟迟钟鼓初长夜，耿耿星河欲曙天。

这世界上唯一不变化的就是变化。有很长一段时间，A 除了吃饭、睡觉、工作，就是发呆。

不要回头看了，也不要恋恋不舍了，玲珑已经走了，故事已经结束了。

之后的季节很干净，没有故事也没有你。

知识是弓，创作是箭。后来，A 在失魂落魄中写了一本书，书名叫《浮空映画》。

11

大洋彼岸。

2016 年 11 月 9 日，轰轰烈烈的第 45 任美国总统大选结束，计票结果显示特朗普击败希拉里赢得大选，成为候任总统。

在之后的一个月里，希拉里团队始终心有不甘，反复要求重新计票。特朗普通过媒体隔空喊话告诉她，选举已经结束了。

衰老

1

头顶三尺有神明，不畏人知畏己知。

虽然现实中看起来一切如故，但是网上关于 D 正在接受组织调查的事，已经传得沸沸扬扬。大家议论纷纷，莫衷一是。

在一场重要会议结束后，媒体采访区里，一位记者问 D，你外甥的招标评审事件是否意味着你政治生涯到此结束。D 马上转移话题，依然谈笑风生，看上去和没事人一样。

当然也只是看上去而已，毕竟演技有限，他不自在的表情已经向电视机前的观众流露出了答案。

不久,官方媒体报道,巡视组最终认定 D 存在重大贪腐行为,而他外甥的招标评审事件仅仅只是冰山一角。巡视组将对 D 所涉嫌的犯罪问题及线索移送司法机关依法处理。

心头一颗悬着的石头终于落下了。

我们的开国元勋——陈毅,在时任上海市市长时曾经写过这样一篇文章——《莫伸手,伸手必被捉》。

2

　　警钟长鸣，对玲珑的父亲而言，这是一种很好的告诫，他会铭之座右，以昭炯戒。D 曾经是他的战友，这么多年，一路走来，眼见他起高楼，眼见他宴宾客，眼见他楼塌了。

　　随着职务的晋升，他后来也常常收到各种莫名其妙的邀请，应接不暇。这些邀请当中，有些可以置之不理，有些可以直接拒绝，而有些则需要巧妙地斡旋。

　　至于这些年自己是怎么走过来的，当时是怎么想的，他光怪陆离的内心世界，外人就不得而知了。

　　我们有时只看到某个高级官员，出行时警车开道，呼啸而过，他走到哪里，哪里就要戒备森严，却看不到他的这份如履薄冰和身不由己。就像黑夜中的萤火虫，只看到它身上发出的光，却看不到它在拼命抖动的翅膀。

法国作家莫泊桑写过一本书《一生》，里面有这么一段话：有时，我可能脆弱得一句话就泪流满面；有时，也发现自己咬着牙走了很长的路。

3

一个职业是生命的支柱。——尼采

就像所有的职业一样,时间长了,需要不停地调节自己的状态去面对一成不变的工作,并且有时需要自己在不同的角色之间进行切换。

第二天早上,因为战友的事情,玲珑的父亲情绪非常低落,一脸丧气。但是那天上午有个会议要主持。从他的办公室到会议室有一段长长的走廊,他低着头一路走过去。

一个负责会议安排的女同事,正好从门口经过。她看到,在他迈进会议室的那一刻,他脸上的肌肉发生了明显的变化,在那一刻，他给自己戴上了厚厚的面具。

男人不像女人，有时候一句话也不说，却让人感觉每一个动作都在诉说一个男人的尊严。

4

凭君莫话封侯事,一将功成万骨枯。

电视剧《逐鹿天下》已经到了尾声。

皇子殷隼深深明白,权力的争夺哪有什么妥协啊。在这场博弈中,如果不幸处于下风,然后方寸大乱,最后一败涂地,还不如自我了断算了。一方面你无法忍受对手的意气风发,一方面你也无法面对漫长的等待。

更重要的是,你会对自己变得怀疑,天空灰蒙蒙的,暗无边际,仿佛再也不会天亮了。

你要是喜欢爱情,就让自己沉溺于追逐;你要是喜欢旅行、周游世界,就马不停蹄地行走。

我有一所房子,面朝大海,春暖花开。

5

哪有什么胜利可言，挺住就意味着一切。——里尔克

虽然 F 一直想和 Z 发生点交集，希望彼此能够有所合作。但是就像自己曾经一次又一次和意向客户交流，一番努力后，最终还是不了了之。有时，在琐碎的生活中，他也会抬起头想，都说"吃得苦中苦，方为人上人"，可是自己并不想成为什么人上人，而这人间的疾苦照样没有放过自己。

不过虽然心灰意冷，他却极少向女朋友王花花埋怨或者诉苦，他知道这无济于事。人生不如意者十有八九，他明白这世间万千的变幻，在工作中失落的人到处都有，而他只是其中一个。

而成功，它真的不容易，这需要智商、情商、耐心等各种因素搭配在一起，然后通过天时地利这些不可控因素，再加上一点点运气，才会得到。

不知为何，他想起了奥地利心理学家阿尔弗雷德·阿德勒的一句话：生命的意义在于奉献，对他人感兴趣及相互合作。

6

入秋了。

秋风扫落叶,吹来流行性感冒的气息。不知大家是否有同感,平时好好的,但是只要体温上升一度,那就不行了,扁桃体发炎、鼻塞、头痛,痛苦全方位地降临,每一分每一秒都在煎熬。

医院里,A 挂好号,排队看完医生,用支付宝在终端机上扫码付了钱,拖着沉重的腿去抽血化验。一路上不忘把各种单子及病历本、医保卡整理下,免得匆匆忙忙中落掉一个。

单身狗病了很可怜的,啥都要自己来。以前还有玲珑帮忙拿着,现在只能自力更生了。

　　百年三万六千日，不在愁中即病中。他想，自己垂垂老去的
某一天，多半不是在平静中离去，而是在这种煎熬中撒手人寰。

7

有人说，人体的细胞每隔一阵子会全部更新一次，有时候你回头看看，以为那是过去的自己，事实上早已物是人非。

无论是生理上还是心理上，A 都在慢慢变老，悄无声息。他已经感受到了衰老的痛苦，感觉身上有一种东西像水一样在流失。他曾经如此渴望命运的波澜，喜欢光彩、炫耀、虚饰和权力。

当他还是一个孩子时，他曾问他的父亲，自己以后会不会飞黄腾达，会不会富甲天下。当他二十岁时，和 Z 一起从校园里逃课出来，听他大谈天空的色彩，说他喜欢模特空姐小明星，自己听了也轻轻跟着附和。如今，他和朋友深夜饮酒，杯子碰到一起，都是梦破碎的声音。

曾经他那么喜欢玲珑，最终却没有走到一起。

味无味处求吾乐，材不材间过此生。他明白，接下来的日子，自己将面对庸常的生活，会结婚会生孩子，有悲有欢，有得有失。生活生活，会快乐也会寂寞。

青春站
Qing Chun Zhan

8

一个职业是生命的支柱。

印象中，Z一直都很忙。

有一次，他感冒了，吃了家里的感冒药和消炎药，但是没什么用，第二天醒来，喉咙依然嗞嗞啦啦痛得厉害。他马上开车去医院，要求医生挂盐水。医生说，盐水不能随便挂的，除非抽血化验结果显示炎症达到一定指标。而且随便挂盐水，对身体也不好。况且感冒本来就要好几天才能好的。

Z听了，当场就急了，恳求医生，自己很忙的，并且正好明后天都有事情，希望能挂盐水，早点康复。

生活中，Z 虽然不像 A，有着大片的时间可以看书，心无旁骛，埋首涉猎。但是对宗教却颇有兴趣，曾经让 A 推荐过这方面的文章。

并且像其他商人一样，他喜欢带客人去逛寺庙。

9

杭州的冬天，终于下雪了。

傍晚，暮色苍茫。站在断桥上居高临下，放眼望去整条白堤白雪皑皑。三三两两的摄影爱好者，支着三脚架在拍雪景。寒风吹过，路过的游客们，纷纷把手凑到嘴边，哈着气。

A 已经很久没有和 Z 聚过了。晚来天欲雪，能饮一杯无？本来约好了，晚上一起在外面吃饭，就着雪景吃火锅，品美食，诉衷肠。但是下过雪的路面，车子开得很慢，路上堵得死死的，最后双方还是各自回家了。

天寒地冻。一到家，A 随便吃了点东西，就早早上床睡去了。

午夜惊醒，发现自己做了一个长长的梦，如虚似幻。

他梦见自己已经到了暮年，坐在椅子上，双手搭着桌子，一动也不动，目光沉静。

他曾说过人生到了七十岁就够了，现在自己已是耄耋之年。弥留之际，他想自己是幸运的，在这颗深蓝色的星球上，在这场奇幻旅程中，不少人因为种种原因在中途就撒手人寰，提前返程了。自己能够走到现在实属幸运。

前尘往事似云烟。不论是人生得意须尽欢，还是繁华散尽无人问，不论是儿女绕膝，还是过着孤单的日子，此刻好像都没那么重要了。

只是不知道为什么，自己早上出门时明明还是一头乌黑亮丽的头发，晚上回家时却已经白发苍苍。

10

A 双手搭着桌子，呼吸孱弱，越来越轻。夜深人静，天空中有一颗流星倏然陨落。

有人说，人的一生一共会死三次。第一次是你的心脏停止跳动，从生物学上来说，不再具有生命特征；第二次是在葬礼上，认识你的人都来悼念，你和社会的关系已经结束了；第三次是最后一个记得你的人也与世长辞，这时你才真的死了，了无痕迹。

人生到处知何似，应似飞鸿踏雪泥。

但是也有一小部分人，就像夜空中闪亮的星星。每当黑夜中的人们抬头时，可以看到他们挂在天空放光明。

11

"八八战略""两富""两美"……较之 A 的童年,社会主义新农村到处都是干净平坦的水泥路。童年的许多小伙伴都已经陆续结婚生子了。一个个新生命的降临,给生活带来了勃勃生机。

除了外婆隔壁这位年迈的老人,和 A 的外婆住在同一排房子的,还有一位年近百岁的老人。

A 的外婆隔壁的这位老人,今年大年初一过世了。不远处,鲐背之年的他,看着围在逝者家门口的一圈人,可能察觉到了异样,伫立在十米开外,怔了很久很久。

半年后, A 在电话里听到妈妈说,老人也过世了。

大自然的奥秘，万物的荣枯，时光的流转，生命的消逝……

繁星缓缓地运行，月亮绕着地球，地球绕着太阳。对你我而言，这是漫长的一生，对宇宙而言，这何尝不是弹指一瞬间。

12

温柔天下去得，刚强寸步难行。中国的文化是非常讲究以柔克刚的，就像柔弱的水可以穿透坚硬的大理石。

Z 的舅舅的事情，到底还是给 Z 带来了影响。他感到沮丧，怅然若失。

商机是靠等待和一点点运气的，这次的生命周期走完了，等待下一个商机，有时候会是一个漫长且煎熬的过程。

他明白，自己接下来将会沉寂多年。

深夜，香尽漏残，月移风寒。Z 辗转反侧，痛定思痛，发了一条朋友圈："如果事与愿违，请相信另有安排。"

这条朋友圈他后来一直没删。

他点开 A 的朋友圈，看到他发了一句话："强大的内心，需要时间和经历来磨炼，享受过最好的，承受过最坏的，保持坚强，保持柔软。"

13

一个雨天的下午，Z 陪完客人，独自一人从寺庙开车回来。

劳斯莱斯古斯特宁静的车厢里，他握着方向盘，思绪万千，他突然感到自己是如此的孤独。他已经很久没有和荔枝联系了，也不像以前那样热衷于豪车了。

前尘往事似云烟，走过的路，见过的人，各有其因，各有其缘。

他想起 A 曾经给他推荐过的一篇文章，讲的是一则宗教故事：释迦牟尼当着全场所有人的面问他的一位门徒，你觉得我有没有领悟到最上乘的佛法。他的门徒须菩提是这样回答的：就我对佛教的理解，并不存在这样一种法，称为最上乘的佛法。

他想起了自己的学生时代，一个星汉灿烂的夜晚，他和 A 一起躺在宿舍楼的天台上仰望星空，推心置腹。A 说他一生追求摆脱激情和欲望，希望获得冷静而达观的生活态度。

他想起大雄宝殿上僧侣们颂经的声音，随即打开车上的音乐，翻出之前下载的一个女明星诵读的《金刚经》。

"一切有为法，如梦幻泡影，如露亦如电，应作如是观。"

车窗外，灵隐路两旁的参天大树迅速后退。

人生如梦，一樽还酹江月。

尾声

1

任何事物的发展都有一个哲学的过程。翻开近代史，我们的国家，我们的民族，在饱受屈辱后，终于迎来了四海升平的时代。

2016 年 9 月 4 日，举世瞩目的二十国集团领导人峰会在杭州举行。

峰会前夕，直升飞机不停地在天空中盘旋，道路焕然一新，红旗礼宾车排成一排，呼啸而过。

谨以此书献给太平盛世，祝伟大祖国繁荣昌盛、四海升平！

2

A 有两个手机，里面各存着一个号码。其中一个号码自他大学开始就一直在用，时间长了，每天都会接到乱七八糟的推销电话。有时候，他看一眼来电，就直接把它按掉了。

所以今天下午当这个手机响起时，他像往常一样，瞄了一眼。来电显示对方号码是 199***88888，他连忙接起。电话里传来一个雀跃的声音："知道我是谁吗？"

他愣了一下，并非来者不善，而是这个声音太熟悉了，只是已经很久很久没有听到了。

"我叫玲珑，叶玲珑！"